Colección Luna de Azafrán

Dirección editorial y edición: Norma Huidobro
Diseño de colección y diagramación: Jaquelina Romero

www.delnaranjo.com.ar

Esta edición se terminó de imprimir en marzo 2019 en Triñanes,
Ciudad Autónoma de Buenos Aires, Argentina.

Rocha, Silvina
    Mateo y su gato rojo / Silvina Rocha ; ilustrado por Lucía Mancilla Prieto.
- 1a ed . 7a reimp. - Ciudad Autónoma de Buenos Aires : Del Naranjo, 2019.
    32 p. : il. ; 21 x 23 cm.

    ISBN 978-987-1343-24-9

    1. Narrativa Infantil Argentina. I. Mancilla Prieto, Lucía, ilus. II. Título.
    CDD A863.9282

Cámara
Argentina de
Publicaciones

23 CONCURSO
"Los Libros Mejor Impresos y Editados en la Argentina"
Durante el año 2010
Categoría Infantil y Juvenil - Premio Accésit:
Mateo y su gato rojo

PREMIO DESTACADOS ALIJA edición 2010
Premio categoría Colección: Luna de azafrán
Mención Ilustración: Mateo y su gato rojo

Silvina Rocha Lucía Mancilla Prieto

Mateo y su gato rojo

del Naranjo

A Mateo le regalaron un cuaderno
de tapa dura y páginas blanquísimas,
sin líneas,
que invitaban a dibujar.

Tomó un lápiz y dibujó un gato que estaba contento.

Casi podía oír su ronroneo.

PRRRRRR RRR PRR PRRR PRRRPRRR

PR R R R R R

Se fue a dormir
satisfecho, pensando
en su gato rojo y feliz.

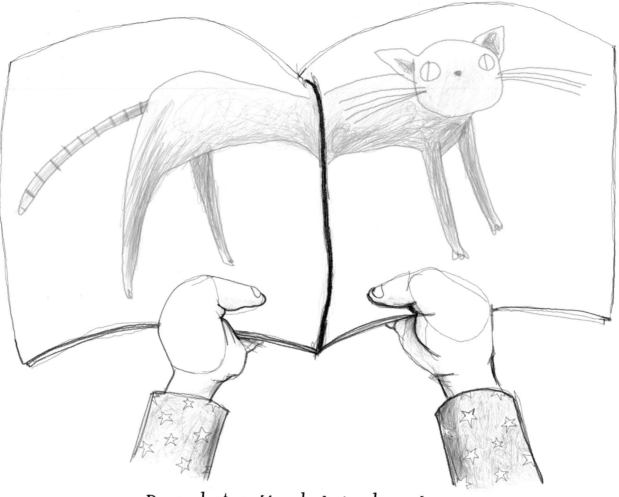

Pero al otro día, al abrir el cuaderno,
el gato había perdido la sonrisa.

Mateo se preocupó.

¿TENDRÁ
HAMBRE?

Entonces le puso un plato con leche
y cerró el cuaderno.

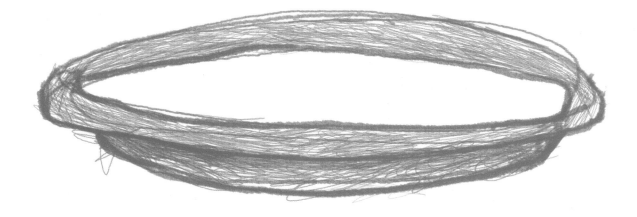

Lo primero que hacía al levantarse
era abrir el cuaderno para ver cómo seguía su gato.

Esta vez se veía mejor,
pero igual no parecía feliz.

Mateo pensó qué más necesitaría.

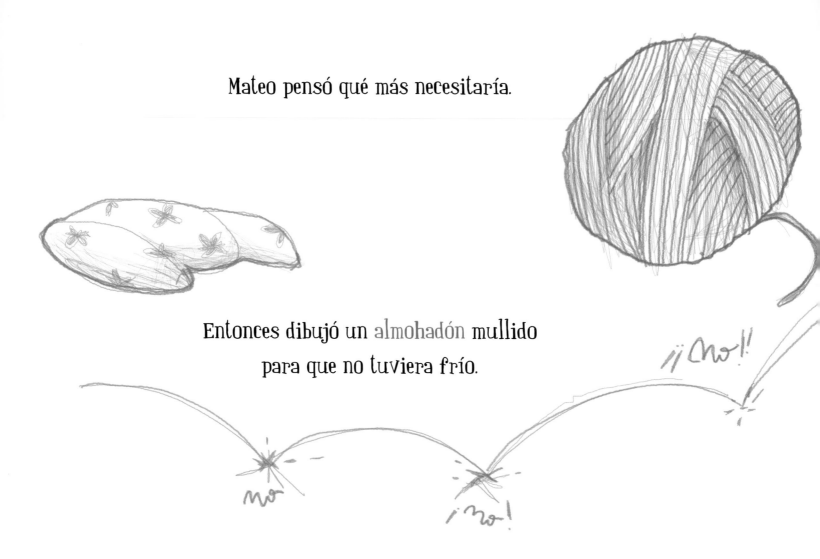

Entonces dibujó un almohadón mullido
para que no tuviera frío.

Luego un ovillo de lana y una pelota saltarina,
pero nada resultó.

A la noche se le ocurrió
una buena idea.

Tomó el cuaderno
y pintó un ratón
con una gran sonrisa.

En medio del sueño,
otra idea lo sobresaltó;

abrió el cuaderno y agregó un cartel:

POR FAVOR NO ME COMAS

También le dejó un poco de queso.

Ahora se hacían compañía.

A veces encontraba
al ratón en el lomo
del gato o al gato
lamiendo al ratón.

Pero al cabo de un tiempo,
tanto el ratón como el gato
habían perdido su sonrisa.

Mateo ya no dormía.

A veces abría
apenas el cuaderno
y espiaba entre
las hojas.

Pero estaba seguro,
algo andaba mal.

Estuvo pensando largo tiempo...

abrió el cuaderno y agregó un cartel:

También le dejó un poco de queso.

Ahora se hacían compañía.

A veces encontraba
al ratón en el lomo
del gato o al gato
lamiendo al ratón.

...hasta que comprendió.

Abrió el cuaderno y dibujó
una ventana, una luna y un cielo de estrellas.

A la mañana siguiente, las hojas
de su cuaderno volvieron a ser
blanquísimas, sin líneas,
y lo invitaban de nuevo a dibujar.